KB145625

하늘, 꽃, 바다

김강좌 시집

시음사
시사랑음악사랑

독자와 소통 하는 시인 김강좌

훌륭한 시는 아무리 짧은 서정시여도 비극이 아닐 수 없듯
이 극적 구조 그리고 주관적 상황을 얼마나 잘 정리하는가
에 따라서 독자로부터 공감대를 형성하고 좋은 시가 되어
아름답고 감동적인 시가 될 것이다. 김강좌 시인의 작품을
정독하다 보면 도심 속에서 지치고 다친 마음이 치유될 것
만 같은 느낌이 든다. 좋은 시 한 편을 읽는다는 것은 그만
큼 특별한 감동으로 다가온다. 김강좌 시인은 詩作을 위해
同存의 장을 마련하려 문자를 압축하고 그것을 표현하려
노력한다. 자연적으로 존재하는 생명체와 心象에서 만들
어낸 이미저리로 윤동주가 본 별을 노래하고 김소월의 진
달래꽃을 그려 놓는다.

김강좌 시인의 "하늘, 꽃, 바다"에는 서정적 바탕에 시인
의 자아가 잘 투영되어 있으면서 관념적인 詩想과 현실 생
활에서 오는 삶의 애환을 진솔하면서도 오밀조밀하게 엮
어놓는 능력을 문장으로 표현하고 있다. 이는 시인 자신을
강렬한 애정과 자기 폭로를 통해 자신의 삶을 보여 주는
해학미를 독자와 함께하기를 원하고 있기 때문이다. 김강
좌 시인의 첫 시집 "하늘, 꽃, 바다"은 몇 권의 저서를 낸
어느 여류시인의 작품집보다 안정적인 흐름을 보여주고
있다. 첫 시집을 출발로 독자 앞에 다가서는 시인은 이제
시적 상상력을 형상화는 능력을 무의식적 핵심감정과 문
제의식을 화자의 이야기로 적절히 만들어 독자와 공유하
기를 청하고 있다. 소통하는 시인 열정과 실력을 고루 갖
춘 시인 김강좌 시인의 첫 시집을 추천할 수 있어 기쁜 마
음이다.

사단법인 창작문학예술인협의회 이사장 김락호

시인의 말

여리면서도
강인한 생명력을 지닌
들꽃들의 지혜를 배우며
작은 마음이라도
나누고 싶은 희망으로
꽃들을 찾아 기웃거린다

언 땅을 헤치고 움트는
연둣빛 새순들이 벌써부터
어김없이 준비된 계절의
깊은 땅속에서 꼬물꼬물 깨어나
스스로 빛을 발하는

열두 폭 자연의 풍경 속에서
색색이 빚어내는 향기를 담아
마음 한켠이라도 맑히고 싶은
밝은 소망으로 이 책을
세상에 내놓을 수 있어 행복합니다

시인 김강좌

 목차

한 줌 햇살이면 8

풀꽃 사랑 9

봄비 10

할미꽃 11

봄날의 하루 12

봄 햇살 속으로 13

명자꽃 14

청매화 15

봄 16

글을 만나고 17

달빛 향기 18

물빛. 꽃빛 19

당신이라는 이름 20

몽돌 21

괜찮아 22

달빛에 우린 차 23

꽃. 바람 24

풍경소리 25

첫 번째 사랑 26

빈 손 27

홍매화 28

소망 29

꽃 비 30

산수유 31

산수국 32

어쩌누 33

붉은 꽃빛 34

갑천. 그곳에 가면 35

QR 코드

스마트폰으로 QR 코드를 스캔하면
시낭송을 감상할 수 있습니다.

제목 : 할미꽃

시낭송 : 박순애

목차

목련 36

꽃진 자리 37

두 번째 사랑과 사랑 38

참 좋다. 이 정도면 40

들꽃 사랑 41

그리움은 42

몽돌 (2) 43

구슬비 44

톡 톡 톡 45

작은 꿈 하나 46

고향집 47

홍련 48

어머니 꽃 당신 50

그립다 말하려니 51

사랑표 울 엄마 꽃 52

부초 54

세 번째 사랑 55

노을빛 우정 56

그대라는 꽃 58

여백 59

휴일의 느긋함 60

섬. 꽃 61

꽃과 나비 62

인연 63

기다림 64

청보랏빛 달개비 65

님이시여 66

갯메꽃 67

목차

찔레꽃 68

6월의 숨결 69

연꽃 70

환희다. 눈부신 72

딸기꽃 73

나팔꽃 연가 74

사미승 75

분꽃 76

초여름 풍경 77

달개비꽃 연가 78

허수의 여름 79

눈물꽃 능소화 80

나비의 꿈 81

여름날의 연서 82

숨가쁜 하루 83

이슬꽃 84

꽃. 숨결 85

풍경이 있는 호수 86

숲 87

석류꽃 88

산다는 건 89

보랏빛 등나무꽃 90

내 마음의 풍경 91

양귀비꽃 92

해바라기 93

비비추의 가을 94

가을 빛으로 95

담쟁이의 꿈 96

낮 달맞이꽃 97

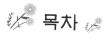

목차

가을비 우산 속 98

들국화 100

홀씨의 노래 101

가을 길목에서 102

석류꽃 103

겨울비는 내리고 104

단풍 105

시월의 숲에는 106

억새꽃 107

길 잃은 바람꽃 108

시월이 떠난 자리 109

억새의 겨우살이 110

동백꽃 111

겨울 국화 112

꽉 찬 그리움 113

겨울 잎새 114

매듭 달 115

시 (詩) 116

붉은 사랑꽃 117

셀비아 순정 118

겨울비 119

동행 120

흔적 121

꽃의 연서 122

소리 없는 열정 123

꽃의 마음을 알까 124

삶의 노을 길에서 125

사랑꽃 126

꽃무릇 127

한 줌의 햇살이면

봄 햇살
한 줌이면
이리도 찬연한걸

한편에
비워둔 맘
무엇을 채우려고

무거운
생각 하나
비우고 돌아서니

봄 햇살
한 줌으로
이리도 꽉 차는걸

풀꽃 사랑

가지런한
햇살에 보시시 실눈 뜨고
키 작은 몸짓으로 기지개 펴는 풀꽃

송송이
보석처럼 한 아름 향기 엮어
바람에 걸어놓고 숲의 안부를 묻는다

솔나무
가지 끝엔 천상의 소리들이
무리지어 분주하게 아침을 연주하고

해 그림자
드리운 낮은 언덕 아래로
한 송이 꽃잎 같은 나비의 춤사위에

텅 빈 마음
곁으로 낮달이 기대어서
촉촉한 밀어로 한낮을 속살거린다

그렇게
소리 없는 찰찰한
그리움이 바람에 흩어진다

봄비

잠시
마실 나갔던 3월의 호숫가에
한낮의 고요를 깨는 소리없는 봄비가

메마른
가지 끝에 자분자분 내려 와
바람의 음률 타고 촉촉하게 스민다

겨우내
참아왔던 울컥한 그리움을
분홍빛 꽃바람에 배시시 풀어놓고

토닥토닥
춤추듯 꽉 채운 몸짓으로
물 위에 내려앉아 물보라를 이룬다

봄비가
그치고 물결 살랑거림에
달빛도 취한 듯 몽환에 젖어들어

말간
눈빛으로 그만 호수가 된다

할미꽃

아~!!
몽환적인
환희로 벙글어진 몸짓이
저리도 애잔하게 스스로를 흔들어
뜨겁게
달궈진 속마음을 감추려니
애써 고개 숙인 그 모습 애잔타

옥빛보다
더 푸른 하늘을 품어 안고
속살까지 붉은 사랑이고 싶었나

미치지
않고서야 어찌할 수 없는
달빛에 울컥 삼킨 그리움을 어쩌누
오롯한
짝사랑에 못내 가슴 앓다가
눈물 같은 봄비에 속울음 씻어내는

붉은빛 할미꽃.

제목 : 할미꽃
시낭송 : 박순애
스마트폰으로 QR 코드를 스캔하면
시낭송을 감상할 수 있습니다.

봄날의 하루

게으른
기지개 펴고
창가에 부서지는 햇살 앞에 선다
앙상한 가지 끝에
햇살이 내려와 초록을 간질이니

그 작은
몸짓으로
그림자 곁에 누워 오롯이 숨 고른다
돌담길 휘돌아서
노을이 붉어지면 달빛을 끌어안고

춘풍에
들뜬 가슴
샛별에 기대인 채 밤새워도 좋을 듯.
아~ 4월의 봄날은
꽃보라 휘날리는 무지개길 같아라

봄 햇살 속으로

달빛을
휘감은 채
온밤을 지새우며

한 올 한 올
빚어서 꽃망울을 터트리고

바람도
서성이며 취한 듯 빠져들어
허공 속을 떠도는 계절을 밀어내니

눈부셔라
햇살에
오롯한 그 숨결이

언 땅속에 감춰둔 초록을 깨운다

아~환희다 가슴 벅찬.

명자꽃

명월에
빚어 놓은
단아한 그 몸짓이

자태는
눈부시고 수줍어 붉어져도

꽃잎에
나비는 없고
찬바람만 앉았네

행시조

청매화

달빛에
곱게 빚은
몸짓도 단아하게

봄비에
물이 오른 청매화 꽃망울들

금빛살
한 줌 붙잡고
만삭의 꿈 펼친다

봄

숲의
고요를 깨운 건

한 줌
햇살이었다

글을 만나고

이지러진
달님. 둥근 살 채우려니
보름 밤 지새는데

내 안에
들어 있는 너를 알아채기엔
쉰여섯 해가 걸렸다

그렇게
찰나에 스미어 순간순간 환희로
가슴 뛰게 하는 너

내 삶의
꽃비가 되어 벅찬 호흡으로
영혼을 적신다

2013년 첫 시를 쓰면서..

달빛 향기

어둠 속에
가득히 하늘 채운 달빛
곱기를 눈부시고 향기는 달콤해라

숲 속의
언어들이 호숫가에 나와
초록 잠을 깨우고 밤새 사랑 나누니

작은
속살거림이 바람을 타고 돌아
그리운 음률 되어 온 숲을 채운다

무지개
빛깔로 여울지는 들녘은
몽환적인 안개에 하얀 꽃빛 적시니

문득
가을 볕에 함초롬히 피어난
첫사랑 향기 닮은 들국화가 그립다

달빛 우린
차 한잔에 밤은 깊어가는데.

물빛. 꽃빛

아~
어찌하오리까
단아한 그 몸짓을

마주하는
눈빛이 곱기를 눈부시니
발 아래 머물러 환희에 벅차누나

한 줌 비춘
햇살에 수줍게 벙글어진
하얀 미소 가득히 향기가 두루하고

겹겹이
드리워진 백옥같은 꽃잎에
입 맞추는 바람도 몽환에 취하누나

오롯한
머무름에 번뇌는 사라지고
하루 치 행복으로 벅찬 기쁨 이나니

5월의
하늘 가득 무지갯빛 찬연해라.

당신이라는 이름

힘없이 비틀거릴 때
등 뒤에서 커다란 나무처럼 지켜준 당신
비 오면 우산이 되어주고
차 한잔의 향기로
햇살처럼 환하게 웃어주고

지칠 때 다독여주며
쉼 할 수 있게 말없이 지켜주는 당신
그런 당신이 있어서
행복을 담습니다.

열심히 시향 키우라며
꽃이 있는 곳에서
쪽빛보다 더 푸른 꿈을
키울 수 있게 응원해 주시는 당신

본성이 둔하여 미처 알아차리지 못하고
버벅거릴 때
커다란 등불로 길을 열어준 당신
그런 당신이 있어
오늘도 행복합니다

몽돌

삐죽이
곤두서서
허공에 날 세우고

모나게
굴었더니 사방이 가시더라

스스로
어리석음에
살 깎는 줄 모르고.

바람에
씻기우고 땡볕에 달구어져

둥글게
둥글어질
담금질 몇 날인가

곰삭은
아집 하나가 몽실하게 씻긴다

괜찮아

걷다가 힘이 들면
한걸음 쉬고

마음이 슬플 때면
노래를 불러

그리워 눈물 나면
크게 웃어봐

괜찮아 내일이면
괜찮을 거야

달빛에 우린 차

앙상한 가지 위로
어둠 내리면

한잔의 차를 들고
창가에 앉아

마알간 그리움을
곱게 띄워서

찻잔 가득 채워진
달을 마신다.

꽃. 바람

새벽녘
안갯속에
길 잃은 솔바람이

돌담길
전설 같은
능소화 곁에 서서

괜스레
서성거리며 취한 듯이 안긴다

아직도
기다림이
꽃잎에 가득하고

겹이진
그리움에
감춰진 사랑 인걸

무심한
바람 휘돌아 떨궈지는 능소화

풍경소리

새벽 숲이
푸르러 홀로도 행복이라
아침을 열어 놓고 풀꽃을 깨운다

산 아래
봄볕이 부서져 내릴 때쯤
껍질을 깨고 나와 꽃망울 터트리고

늦은 잠
털어내는 숲속의 숨결들
안개 젖은 호수에서 분주한 숨고르고

괜스레
까치발에 설레는 기다림은
가슴만 콩닥콩닥 주체할 수 없어라

고요를
깨우는 풍경소리 몇 점에
숲속의 하루는 벅찬 선물이다

첫 번째 사랑

눈부신
달빛 아래
꿈처럼 다가와서

하늘을
품게 하고
사랑을 알게 해준

넌 내게
첫사랑이고
그리움의 전부다

큰 딸아이 생일에

빈 손

삐죽이
날 세우고
잘났다 각 세워도

더불어
살아가는
그 밥에 그 나물들

공수래
공수거 인 데
부질없는 욕심은.

홍매화

새벽을
건너온
햇살 한 바구니에

꽃망울
빚어 놓고 하냥 기다린다

어느 가지에
봄볕이 깃들지 모르니.

소망

하늘빛
너무 좋아 까치발 세웠는데

눈높이
맞추려도
멀기만 하는구나

내 마음
한 뼘 키우면 다다를 수 있을까

꽃잎을
날개 삼아 바람에 기대어서

흰 구름
한 자락에
옷깃을 걸어두니

키 작은
소망 하나 홀씨 되어 날린다

꽃 비

겹겹이
드리워진
백옥같은 속살이

신방도
차리기 전 행여나 꽃잎질까

사분대는
봄비에 흔들림 애잔하여

솔바람
두어 점도
숨죽이며 걷는다

산수유

바라보다가
혼절할
숨 막힌 자태로

금빛 봄을
부르는
환희의 속삭임들.

산수국

거칠은
들바람이
내 작은 가슴으로
헤집어 오던 날 수줍은 듯 붉어져
두근두근 설레이고

한바탕
태풍처럼
휘감는 환희심에
현기증을 느끼며
난 그렇게 첫사랑을 시작하고

겹이진
그리움이
홍안에 젖을 때면
꽃송이
송이마다 금빛살 덧칠하리

그대
오는 길목에 까치발을 세우고.

어쩌누

옥 같이
푸른 날에
홀로 이 서성이는

숲길엔
초록 내음 차암도 풋풋한데

계절을
떠나지 못한 그 몸짓이 애닯다

벙글어
고운 빛이
어찌도 애잔할까

길 잃고
헤매이는 갈증을 살피는지

밤사이
추적이는 빗소리도 슬퍼라

붉은 꽃빛

아~
붉게 벙글어진
애잔한 몸짓 위로

속눈썹
가득 비춘 햇살이 찬연하고

빚은 듯
붉은 꽃색은
눈물 나게 고운데

어찌도
스스로를 슬프게 빚었을까

홀로 선
기다림에
속앓이 깊어진 듯

바람에
그리움 접어 소리 없이 떨군다

갑천. 그곳에 가면

물안개
오르는 은빛 안개 사이로
이슬 젖은 숲길의 꼬물대는 풀벌레

새벽을
깨우는 물소리 우렁차고
꽃입술 터트리는 들꽃들 속삭임에

멋스럽게
비상하는 해오라기 날갯짓
작은 물보라 그리는 아기 오리 행진

풍경처럼
일어서는 실바람 향기따라
갑천. 그곳에 가면

금빛살
찬연한 하루치 행복이 있다

갑천
그곳에 가면.

목련

하얗게
시려 오는 계절을 휘돌아
스스로를 깨우며 구슬 같은 움 틔우고

몇 날 밤
빚어 놓은 꽃망울
터트리어
마실 나온 낮달과 속삭임 수줍어라

아스라이
비추는 달빛의 대화로
우렁 우렁 물오른 단아한 몸짓이

꼭 잠긴
빗장 열어 샛별을 들이고
겹이진 그리움 하얗게 덧씌우니

풍경 같은
그 길에 목련꽃 벙글어지는
봄밤이 익어간다

꽃진 자리

한자락
그리움을 꽃망울에 엮어서
몽환 같은 환희로 새벽을 깨우고

분홍빛
수줍음에 붉어지는 몸짓이
한 폭의 풍경처럼 들녘을 수 놓는다

뜨락 가득
들어온 눈부신 햇살 빛에
작은 날개 펴듯 살풋 벙글어지는

밤사이
빗어 놓은 단아한 매무새가
노을에 젖어드니 곱기를 눈부셔라

그렇게
꿈꾸는 듯 하늘을 품었으니
꽃 날개 곱게 접어 별이 된다 하여도

꽃잎
떨군 오늘을 섧다 하지 않으리

두 번째 사랑과 사랑

별들이
쏟아지는 이른 새벽녘
깨끗한 울음으로 세상을 열고

찬란한
햇살처럼 해맑게 웃는
아우라 고운 빛에 눈이 부셨던 너

이제
그 사랑에
또 다른 사랑을 더 하여
향기롭기를 더할 나위 없으니

들꽃 같은
의지로 한 곳을 바라보고
함께 부르는 맑은 사랑 노래로

올곧게
익어가는 눈부신 햇살처럼
가슴 따뜻하게 넉넉한 둥지를 꾸리고

서로의
밀알이 되어
꽃보다 더 고운 빛으로
영혼을 맑히오 길 크게 축원하리라

사랑으로 내가슴에 들어온 딸과 참 좋은 사위에게

참 좋다. 이 정도면

총총한
별빛 내려 까만 밤 밝히우니
달빛이 가득 비친 찻잔을 마주 놓아

내 좋은
벗을 불러 마음을 풀어놓고
달빛을 마시며 추억을 나눈다

달콤한
고요 속에 적막을 깨우는
고즈넉한 산사의 풍경소리 울리고

바람의
여울따라 곱게 퍼지는 달그림자
홀로 이 유영하다 호수에 빠져들 때

부서지는
아침은 눈부시기만 하여
이슬 깨는 풀숲의 사랑이 분주하다

참 좋다. 이 정도면

들꽃 사랑

키 작은
들꽃송이 꽃눈을 틔워 놓고

보랏빛
눈웃음이 몽환처럼 취하니

맑은 햇살
한 줌에 세상을 다 얻은 듯

바다보다
더 푸르게 봄볕에 익는다

곱다 눈부시게.

그리움은

첫사랑
두근두근
울컥한 떨림으로

아!

그리움은

벼랑 끝에서도
웃을 수 있는
전율이다

몽돌 (2)

몽돌을
휘감아 도는 해조음 음률따라

저마다 모양새로
이리 둥글 저리 둥글
곱다가
삐뚤다가 심술 난 모서리가
파도를 끌어안고 몽실하게 씻긴다

서산 너머
노을빛 붉어진 능선으로
갈바람의
그림자가 몽환처럼 스밀 때
하얀 달빛 두르고 별 꽃밭에 누워

옥빛으로
찬연한 바다를 품었으니
올가을엔
해풍에 익어가는
단풍도 유난히 붉겠지

크게
빛나진 않아도 참 좋다
이만하면.

구슬비

물 오른
가지마다 구슬비가 내린다

말갛게
벙글어진
결고운 꽃입술에

앙징스런
몸짓으로 초록을 유혹하러.

톡 톡 톡

우렁 우렁
고운 씨방이

햇살 먹고 통통 영글어

아침 바람
속살거림에

불꽃놀이 터져오르 듯

톡 톡 터진
봉숭아 씨방

그리움을 풀어 놓는다

아~
설레임
벅찬 환희다

작은 꿈 하나

여우비
나풀나풀 숲에 내린 아침
한 줌의 솔바람이
달콤하게 스칠 때

키 작은
풀꽃 하나 꼬물꼬물 깨어나
나지막한 숨결로
속살을 열었으니

눈부셔도
좋을 햇살을 기다리며
하늘거림이 곱게
초록 숲을 깨운다

한없이
여린 듯 애잔한 흐느낌을
올곧게 추스르고
당당하게 맞서서

밀어를
속살거리는 나비 춤사위에
한 계절 곱게 접어
바람 돼도 좋을 듯.

고향집

초가집
앞마당에 봄비가 흩날리고
산능선 솔바람이 담장을 들어서니

기척 없는
빈집에 바람 같은 꽃잎이
툇마루 끝에 앉아
주인을 기다린다

빗방울
토닥이는 담장 아래 풀꽃이
눈물 같은 향기로 한 뼘씩 익어가고

마실 나간
주인은 돌아올 기척 없어
한참을 머뭇거린
꽃잎이 날아가다

꽃잎
수 만큼이나 짙어진 그리움 안고
솔 향기 숲길에 그림자 되어 눕는다

홍련

저 깊은
못 속에서 해맑은 침묵으로
오랜 날 덧칠하여
붉은 몸짓 사르고

햇살이
눈부시게 호수 가득 비추니
넓은 초록 세상을 오롯하게 세운다

영롱한
은구슬 상서로운 꽃빛으로
한량없는 향기를
호수에 풀어 놓고

몽환적인
몸짓이 하늘하늘 물결지는
보배 관을 쓰시어 찬연하게 비추네

아~ 붉은
옷깃으로 지혜를 두르나니
스치는 바람에도
이처럼 드맑아라

님이여
님이시여 걸림 없는 바람처럼
진리의 음성으로 시방에 나투소서

어머니 꽃 당신

들꽃보다
더 고운 당신의 그 얼굴을
옥으로 비하리까 보석에 견주리까

앙상한
가슴으로 자식위해 서라면
벼랑 끝에서도 당당하게 맞서시던

평생 동안
가진 건 텅 빈 곳간 한켠에
넉넉한 웃음과 주름살 뿐이지만

한없이
낮추어도 우러러 높아지는
자애로운 어머니 당신을 사랑합니다

88번째 생신을 맞는 어머니 당신께 이글을 바칩니다.
2015. 06

그립다 말하려니

한 무더기
그리움을 왈칵 쏟아내고
바라보는 눈길이 슬프도록 붉어서

밤새 내린
찬 이슬에 속울음마저 파르르
떨리는 몸짓으로 계절을 기다리니

기억 속
사랑앓이 이리도 애잔할까
허공에 흩어지는 흐느낌을 듣는다

그립다
말하려니 눈물부터 앞서고
잊을까 놓으려니 추억이 손짓하는

한낮의
느긋함이 뜨락에 머무는 날
능선을 넘어오는 봄바람 기다린다

사랑표 울 엄마 꽃

봄꽃을 좋아하는
철없는
딸을 보고
"나이가 몇 살인데"
한걱정 늘어지신 울 엄마. 어느 사이
꽃길에 부르신다

텃밭에 흐드러진
자운영
꽃 무더기
한 움큼 집어 들고
"이쁘게 잘 찍어라. 나 말고 꽃만 찍어"
꽃 사이 숨으셔도

어느 꽃에
비하랴
환하게 웃으시는
그 향기 그 모습은
햇살처럼 따뜻하고 아름답게 빛나는
색색이 찬연한 꽃

아직도 모르실까
당신이
꽃이신걸
평생을 가족 위해
오롯한 해바라기 세상에 딱 한 송이
사랑표 울 엄마 꽃

부초

길 위의
길을 열고 새벽을 깨우는
자유로운 영혼의 보헤미안 처럼

한걸음
한걸음에
마음 하나 내리고
바람에 풀어내는 넉넉한 비움이라

올곧은
생각보다 곡선의 획을 따라
먼 길을 돌아서 느긋하게 쉼 하니

수만 개의
빛살은 날마다 새롭고
까만 밤의 달빛도 향기로운 빛이라

세 번째 사랑

별 총총
까만 밤 기운찬 움직임에
가쁜 숨 몰아쉬고
온 숨결 다하여
너를 기다렸으니

첫울음
터트리는 우렁찬 소리에
기쁨과 환희심은
지금도
전율처럼 온 가슴 흔들고

아우라를
비추는 하늘처럼 찬연하고
푸른 바다처럼 넓은 가슴으로
세상을 아우르는
거목이 되기를

두려움
없는 의지로 올곧게 지켜내는
너의 바다에서
넉넉한 삶을 지키라.
두손 모아 기도한다

  사랑하는 아들

노을빛 우정

푸른 솔
숲길 지나 넓은 들 가운데
사랑처럼 달콤한 만남이 있는 날

곳곳의
벗님들이 한자리에 모여
주름진 웃음들을 원 없이 풀어 놓는다

사랑이 고팠을까

밤을 꼬박
세워도 부족할 정담이니
채 풀지 못한 우정을 가슴에 남겨두고

돌아오는
길목에 스쳐가는 얼굴들
허물없는 뒷얘기로 한바탕 웃음 웃고

목련꽃
흐드러진 하늘이 눈부신 날
노을빛 그리움 색색이 물들일 3월

그날
그 만남이 벌써 기다려진다나.

2015.12.12 충북 음성, 부부 모임 다녀와서

그대라는 꽃

하루가
빛나는 이유는
그대라는 꽃길에서
햇살 같은 밝은 미소를
만날 수 있기 때문입니다

날마다
행복한 이유는
그대가 속살거리는
사랑으로 치장하고
꽃단장하기 때문입니다

내일을
기다리는 이유는
그대가 오는 길에
무지갯빛 옷을 입고
봄 마중 가기 때문입니다

여백

숲 속
오솔길에
바람이 서성이는 건

빈 가슴
채워주는
그리움 때문이다

휴일의 느긋함

햇살 좋은
아침 아랫목을 찾는
게으른 몸짓이
늦은 오후까지 뭉기적 거리다

한낮의
그림자가 능선에 걸릴 때쯤
허기진 눈동자는
저녁노을에 물든 샛별을 찾는다

달빛의
푸르름이 몽환적인 향기로
별을 헤이며
한 뼘씩 커지는 그리움에 젖을 때

한잔의
차를 들고
느긋한 쉼으로 평안을 얻는다

섬. 꽃

날 수 없는
날개로 비상을 꿈꾸며
쪽빛보다 푸르게 새벽이 깨어나니

꿈틀대는
바다는 파도의 춤사위에
옥빛 눈부심으로 시리도록 맑았다

어디서
어디까지 맺어진 인연인지
시작도 끝도 없이 둥둥 떠돌지만

몽돌을
휘감아 매끄럽게 돌아가는
감미로운 해조음에 몽환처럼 취하고

샛별이
쏟아지는 하늘을 품어 안아
소리 없는 숨결로 천 년을 꿈꾼다

섬.
바다의 꽃이다

 여수 장군도

꽃과 나비

꽃바람
사분 대고 겨울비 내리던 날

푸른 밤
달빛 아래 새벽을 기다리고
요염한 몸짓으로
사랑 찾아 비상하는 나비의
춤사위가

꽃잎에
맺혀있는 옥구슬 같았어라

인연

찰나에
스쳐 가도

끝없이
이어지는

억겁의 윤회이다

기다림

한자락
휘어감는
상큼한 봄바람에

임 인가 마중하여
뜨락을 서성여도

애잔한
바람 소리만 휘적휘적 스친다

여우비
한자락에
들녘엔 봄볕인데

까치발 기다려도
그림자 흔적 없어

망울진
임의 향기를 햇살에게 묻는다

청보랏빛 달개비

청보라
수줍은 듯
햇살에 고개 숙인
가녀린
목 언저리 그리움 젖어들고

한줄기
바람결에
푸르름 짙어가니
텅 비인
가슴 깊이 임 향기 간절하여

달무리
고운 밤에
별빛을 쓸어 모아
고운 꿈
이루고자 새벽을 기다린다.

님이시여

알알이
염주알에
번뇌심 털어내고

뵈옵는
눈길마다 자비심 충만하여

억겁의
어리석음을
깨우치는 님이여

몇 생을
돌고 돌아 이어진 인연으로

지혜의
향 사르고 두 무릎 꿇어앉아

비우고
또 비우나니
두루 살피오소서

갯메꽃

바닷가
몽돌 사이 5월의 햇살 품고
새벽보다 먼저 꽃입술 벙글어진

다소곳한
몸짓이 갯바람에 하늘대며
옥빛 물결 잔잔한 바다를 깨운다

들꽃처럼
흩어져 반기는 이 없어도
잔파도와 수줍은 밀어를 속삭이고

고요를
깨우는 갈매기 날갯짓
몽돌을 휘감아 도는 해조음에 취하고

부서지는
빛살에 올곧은 꽃대 세워
한바탕 달궈질 6월을 기다린다

거기 그렇게
몽환처럼 오롯하게..

찔레꽃

울 어머니
눈물 같은 연분홍빛 속살에
바람은 소리없이 그리움을 적시니

이른 새벽
벙글어 이슬을 털어내고
솔바람 한 점에 곱게 꽃단장 한다

누구를
기다림이 저리도 애잔할까
실풋 가린 구름 뒤로 햇살이 손짓하고

보시시
잠 깨어난 초록 숲 기지개에
풀꽃들 사랑으로 들녘은 분주하다

소리 없는
울음을 꽃잎에 감추고
노을빛 물 들이는 애잔한 그 숨결이

달빛을
두룬 채 그림자 앞세우고
길어진 기다림에 꽃잎 하나 떨군다

6월의 숨결

계절이
깊어지는 풀살 오른 들녘에
밤사이 꽃눈들의 속살거리는 숨결

몇 날 밤을
새우며 샛별을 사르더니
수줍은 몸짓으로 이슬을 털어낸다

햇살이
붉어지는 뜨락에 홀로 서서
톡 톡 톡 껍질 깨고 오롯이 벙글어

찹찹한
연둣잎에 금빛살 부서지니
별처럼 반짝이는 꽃물결을 이룬다

아~!!
눈부셔라
초록 숲이 온통 보석이 되어
6월의
벅찬 숨결로 자분자분 익는다

연꽃

달빛 스민
호숫가 하얀 안개 사이로

곱게 빚은
옷깃을 바람에 흩날리며
두루 살피시는 그 눈빛 찬연해라

환희심의
꽃들은 너울너울 춤추고
꽃비로 가득한
온 누리는 축복이다

빔 속에
넉넉함을 누리는 지혜와
억겁 전에 맺어진 자비의 인연으로

광명의 등
밝히고 지혜의 등불켜니
상서로운 그 빛이 향기로 두루해라

아~ 벅차는
환희다 우주 법계 연화세계
오색 광명 비추는
천만 송이 꽃으로

달빛에
금관을 쓰고 바람처럼 나투셨네

환희다. 눈부신

아~ 곱기를
눈부시어 가슴 벅찬 환희에
그만 숨이 멎는다

그토록
초라한 날들이 지난 뒤에
보랏빛 숨결로 햇살 가득 품고

바람 곁에
기대선 조용한 눈부심은
환희로 벅차오른 숨 가쁜 열정이다

그렇다~
오롯이 미치지 않고서야
이룰 수 없는 꿈이리니

애잔한
떨림을 바람에 실어내고
소리 없는 몸짓으로 그리움을 덧칠한다

부서지는
빛살에 속울음을 감추고.

보랏빛 매발톱 꽃

딸기꽃

태양이 그리워서 못내도
그리워서

담장을
서성이던
가늘란 몸짓으로

속울음
삼킨 눈물에 하얀 꽃잎 사르고

어찌도 눈부시게 꽃망울
벙글었나

눈웃음
애잔하게
긴 날을 기다리니

수줍은
붉은 홍안이 우렁우렁 익겠다

나팔꽃 연가

새벽 안개
촉촉한 숲 속 오솔길에
이슬 젖은 풀꽃들 몽환 속을 헤매고

새색시
속살 같은 연분홍빛 나팔꽃
햇살 오는 길목에 나팔 소리 높이니

고요하던
풀숲은 늦은 잠 털어내는
소란스런 소리로 아침이 분주하고

하나인 듯
둘이서 초록을 베고 누워
하루를 합창하는 여름이 좋아라

사미승

돌담을
돌아서는 사미승 까까머리

세속의
인연 지은 어머니 정 그리워

깊은 밤
염불 소리에 속울음을 놓는다

합장한
두 손 끝에 그리움 지워내고

두 무릎
꿇어앉아 그림자 감추어도

새벽녘
목탁소리에 하염없는 눈물비

분꽃

하늘빛
푸르러
시리게도 맑은 날
이슬에
곱게 빚은 단아한 그 몸짓이

한낮의
햇살과
눈맞춤을 하더니
붉어진
꽃빛으로 수채화를 그린다

얼마를
기다려야
임을 만날 수 있나
밤사이
꽃잎 지고 눈물 맺힌 자리엔

꽃술만
덩그러니
바람에 흩어지고
그림자
길게 누운 새벽을 지워낸다

초여름 풍경

햇살이
내려와 토방 끝에 머물러
한낮의 무료함에 꾸벅꾸벅 졸다가

마당을
휘돌아든 바람의 인기척에
화들짝 깨어나 서둘러 돌아선다

담장 넘어
능선에 반쯤 머물러서
한자락 그리움을 솔가지에 걸어두고

발그레
물이 드는 노을을 기다리니
저녁을 준비하는 달빛이 분주하다

흐드러진
망초꽃 하얀 등불 밝히고
몽환적인 고요 속에 별빛 수를 놓을 때

음악처럼
흐르는 여름밤 꿈을 꾼다

달개비꽃 연가

켜켜이
그리움을
달빛 아래 감추고
오롯하게 빚어서 아침 이슬 깨우니

가늘란
목 언저리 햇살이 내려와
빛고운 몸짓으로 초록을 덧칠한다

아스라한
추억을
한올 한올 엮은 듯
보랏빛 꽃 입술에 속눈썹도 길어라

허허로운
들녘에 풍경처럼 서성이며
초여름 빛살에 고개 숙인 수줍음이

천상의
빛이 되어
여름을 물들이니
혼절할듯한 자태에 하루를 내어 준다

참 곱다 눈부시게.

허수의 여름

구름 꽃
몽실대는
해지는 빈 들녘에

산 능선
넘어서는 햇살의 끝을 잡고

여름날
허허로움을
솔바람에 재운다

허수의
등 언저리 햇살에 내어 준 채

빈 가슴
떨림으로
계절을 기다리며

어둠에
달빛 두르고 몽환 속에 젖는다

눈물꽃 능소화

7월의
하늘빛이 시리도록 맑더니
구름 한 점 뒤에서 산바람이 휘돌아

이내
속내를 열어 굵은 빗방울이
방울방울 사연 달고 눈물처럼 내린다

찹찹하게
젖어드는 초록 담장 위에서
기다림 길어지는 허허로운 밤이면

얼마나
긴 날을 그리움 감춰둔 채
스스로를 추슬러 애잔하게 붉어지니

달궈질
여름 볕이 부시지는 날이면
떨어진 꽃잎마저 슬프도록 그립다

또.
울음 하나 떨군다

나비의 꿈

소슬바람에
이끌려 계절을 돌아보니
들녘이 휑하고

갈볕의
눈맞춤에 가슴이 시려와
작은 몸 감추더니

향기로
유혹하는 꽃향에 취한 듯
몽환 속을 헤맨다

여름날의 연서

산자락
휘어감는
맑은 바람 속에서
풀살 오른 숲 속의 솔내음 상큼하고

어느새
찰랑이는
봉숭아 꽃잎 위로
보슬비 한 방울씩 눈물처럼 떨구니

낮달은
슬그머니
구름 뒤로 숨은 채
꽃잎 질까 맘 졸여 연신 들락거리고

새하얀
박꽃 같은
달무리 고운 밤에
키 작은 초록 잎은 이슬만 탱탱하다

숨가쁜 하루

조각구름 사이로
토닥이는 햇살에 하얗게
키를 키운 억새의 하늘거림은
낮게 들려오는 귀뚜리 울음에
서걱임을 멈추고

여름 땡볕에 농익어
탐스럽게 찰랑이던 봉숭아 꽃빛은
여름이 떠난 뜨락에서 초라한 숨결로
우렁우렁 씨방을 잉태하고
갈바람 곁에 눕는다

느티나무 아래 가만히 머물다 간
갈볕이 그림자 앞세우고
능선을 넘을 때 쯤
창가에 서성이던 달빛과의 밀어로
하루를 접는가. 싶더니

딩동.
달콤한 고요를 깨우는
폰의 낯익은 멜로디에
하루는 아직 끝나지 않은 채
허겁지겁 내일로 가고 있다

이슬꽃

솔나무
가지 끝에 달빛처럼 매달린
하얀 구름 따다가 후 불어 날리우고

이슬 젖은
풀숲에 옥구슬 조롱조롱
촘촘히 발을 엮어 창가에 달아 두니

마실 나온
낮달이 구슬 옷을 두르고
숲으로 들어가 무지개를 띄운다

주름살
한 점 없는 빛고운 햇살에
가지런한 몸짓이 찰나에 흩어지니

한나절
머무르다 바람 곁에 누워도
하루 치 행복으로 부족함이 없어라

꽃. 숨결

긴 밤을
꼬박 새워 별 사르는 새벽녘
달빛 두른 가지에 꼬물대는 몸짓이

고요 속에
톡톡 껍질을 깨고 나와
담장 넘어 산수유 노랗게 벙글었다

칼바람
시린 날을 고단하게 지키고
촘촘히 물이 올라 꽃망울 풀었으니

꽃. 숨결 참 곱다

개울물
소리에 설레는 가슴으로
봄볕을 기다리는 여우비 한줄금 뒤로

금빛살이
한가득 부서져 내린다

풍경이 있는 호수

몽실한
실안개 새벽 숲을 따라
잔물결 일렁이는 호수를 유영하고

휘늘어진
배롱꽃 몽환에서 깨어나
초록빛 눈웃음을
바람에 실어낸다

밭이랑에
세워 둔 허수의 빈 가슴은
햇살 한 줌에도
넉넉하게 채워지니

책갈피에
끼워 둔 빛바랜 추억들이
한 폭의 풍경처럼
찻잔에 그려지고

금빛 살에
풀어 놓은
농익은 그리움
9월의 호수에서 쪽빛으로 물든다

숲

미치지
않고서야
이룰 수 없는 열정으로

한 무더기
그리움을
울컥 쏟아 내는 날

숨 가쁜
비바람에
꽃잎은 흩어지고

고요로
텅 빈 숲은
낯선 바람만 휑하다

석류꽃

달궈진
붉음일까
곰삭은 그리움일까

천 년을
기다리다
꽃으로 터트렸나

햇살을
마시면서
올올이 토해내는

켜켜이
붉은빛에
가을이 익어간다

산다는 건

꽃 피고
지는 것이
자연의 이치이고

사람의
생사 또한 천명의 이치인 걸

어찌도
매달리어서
아등바등 하는지

한순간
돌아보면 찰나에 스쳐가는

매 순간
바람 앞에
등불 같은 삶인 걸

사는 건
긴 몽환에서
깨어나는 것이다

보랏빛 등나무꽃

꽃입술 조롱조롱
사랑을
엮어놓고
수줍어 고개 숙인 보랏빛 등나무 꽃

기다림 눈물 되어
투 두둑
떨어질 듯
꽃송이 송이마다 아련한 추억 달고

이슬 깬 아침 햇살
한 아름
끌어안고
숨 가쁜 몸짓으로 그리움만

뚝 뚝 뚝

내 마음의 풍경

솔바람
한 아름을 쪽배에 걸어놓고
능수버들 늘어진 호수로 여행하자

바람이
산들 불어 초록 내음 가득하고
햇살에 수줍은 듯 하늘대는 풀꽃들

태양은
자분자분 곰살맞게 익어가고
풀살오른 여름 숲 분주한 사랑 속에

나뭇잎
떨어져 결따라 유영하는
7월의 풍경 속에 마음을 물들이고

어스름
창가에 샛별을 걸어놓고
찻잔에 내려 앉은 달빛을 덧칠한다

아스라한
그리움을 한올 한올 빚으며.

양귀비꽃

농익은
여름볕에
수줍어 붉어졌나

어찌도
붉은빛이
노을도 무색해라

골 깊은
그리움으로 속살마저 붉을까

한 자락
속울음을
남몰래 감추려고

빈 하늘
우두커니
까치발 지키는데

꽃잎이
가슴에 지면 눈물마저 붉을까

해바라기

수만 개
금빛으로 부서지는 햇살이
오늘은 무척 보고 싶었나 봐요

행여 저를
못 보고 문득 지나실까 봐
임 오는 길목에
향기로 피었다오

너무
늦지는 마요 기다림이 지쳐서
종일 몸살을 앓다 별이 되긴 싫어요

바람이
좋은 날 그림자로 누워서
인연의 불 밝히고 아침을 함께 해요

비비추의 가을

한여름
끝에 서서 가쁜 숨 몰아쉬고
하늘빛 푸르름에 해 바라기 하는 날
솔바람이
낮달과 속살거리는 뜨락에
달콤하게 스미어 보랏빛 꿈 터트렸다

소박한
꽃잎에 슬픈 듯 긴 속눈썹
어찌도 고움에 환희심은 벅차고
까만 밤
달빛 아래 요염한 그 자태는
벼랑 끝 어디서라도 샛별처럼 빛나거늘

계절의
중심에서 차마도 떠나야기에
꽃술과 이별하는 그 몸짓마저도
붉은 노을
사이로 꽉 찬 아름다움이다.

가을 빛으로

숲길을
따라서 노랑나비 한 마리
키 작은 풀꽃에 앉아
가을을 춤추며 올올이 엮어지는
그리움을 털어내고

햇살에
반짝이며 물결 지는 이파리들
발그레한 속살로
걸림 없는 바람에 하루를 내어주니

늦은 밤
울어 예는 귀뚜라미 설움에
참았던 속울음이 열꽃으로 돋았나
노랗게 젖어들고

잎새 끝에
부서지는 빛살을 끌어안아
찰찰히 흔들리는 소담스런 몸짓이
애잔하게 안기니

아마도
귀로에 선 슬픈 갈무리인가

담쟁이의 꿈

한적한
외벽을 거꾸로 타고 돌아
시간의 흐름을 알알이 엮어 놓고

모질게도
추운 날 울컥 삼킨 숨결을
금빛살에 풀어 놓고 초록을 덧칠한다

아스라한
기억을 한 올 한 올 빚어서
목마른 그리움을 잎새에 감추고

달무리
곱게 지는 새벽을 기다리며
한 뼘씩 한 뼘씩 키를 키우더니

숲보다
더 진한 향기로 호흡하며
아슴 아슴 쌓이는 열정을 사른다

아래로
아래로 낮은 곳을 향하여.

낮 달맞이꽃

수줍은
미소 닮은
연분홍 꽃입술로
남몰래
키운 사랑
달빛에 감춰 놓고

간절한
그리움에
기다림이 지쳤나
햇살에
기대앉은
낮에 핀 달맞이꽃

모퉁이
돌아오는
바람에 임 오실까
꽃등을
밝히우고
몇 날 밤을 지샌다

가을비 우산 속

오늘은
산마루에 비 그림자 가득하더니
끝내 참지 못하고
봇물 터지듯 이내 쏟아붓는다

가슴까지
벅차오르는 그리움을 감추고
담쟁이 넝쿨 사이로
가을 깊은 저녁이 소리없이 젖어든다.

후두둑
우산 위로 떨어지는 빗소리.

비 오는 새벽 길목
초록 풀숲 아래서
한걸음 쉼 하더니 달무리 드리워진
능선으로 숨어들고

밝아지는
숲속에 지저귀는 새소리와
한 뼘씩 키워 주는 햇살의 애무로
풀살 찌우나니

넉넉한
가을 풍경 이만하면 참 좋다

들국화

난 홀로 있어도
슬프지가 않아
나를 바라보는 그대가 있잖아

그대 기다림이
눈물겨운 행복이라
이슬 깬 텃밭에 아침을 깨워주고

붉은 노을처럼
꽉 찬 그리움이
빈 가슴 한켠에 무지개를 띄우니

이만하면 참 좋다
무얼 더 바래랴
오늘이 가고 나면 내일이 또 오는걸.

홀씨의 노래

후~
하얀 나래 나풀나풀
홀씨의 춤사위가
꽃술만 남겨둔 채 숲길을 지나
금빛살 풀어놓은
들녘을 유영한다

몽돌 사이
작은 틈에 뿌리를 내린 채
고운 날의
추억을 아슴아슴 떠올리며
그림자 곁에 누워
달빛을 노래하고

실안개
몽실대는 푸른 새벽이 오면
겹이진 그리움을
한 아름 품어 안고
눈부시게 찬연한 계절을 기다리며
몽환 속에 젖는다

가을 길목에서

햇살이
창문으로 살짝 들어와
아침을 깨워주고 속살거리니

하얀 나비
춤추는 초록 숲에는
밤새 몸살 하던 꽃잎 벙글고

동구 밖
돌아오는 가을바람이
막 피어난 꽃잎에 입을 맞춘다

담장을
넘어서는 한 줌 햇살에
풀꽃들의 밀어는 사분 거리고

길어진
그림자가 능선에 앉아
붉어지는 노을에 젖어들때면

허수 곁을
맴돌던 소슬바람이
달궈진 여름 볕을 흔들어 댄다

어서 가라고.

석류꽃

초록 숲의
바람이 맑은 하늘에 퍼질 때
보시시 눈을 뜨고 향기를 풀었으니

붉디붉다
붉어도 애잔하게 붉어라

달궈질
열기는 저만치 섰는데
천상의 빛으로 어느새 물들였나

눈부신
햇살에 시리도록 찬연하니

담장 넘어
빛살이 풀숲을 살찌우고
만개한 석류꽃 곰살맞은 눈웃음에

6월의
한낮은 참으로 평화롭다

겨울비는 내리고

투둑둑
빗소리에
행여나 봄이 올까

담장을
돌아보니
스치는 건 바람뿐

계절을
서성이다
돌아선 걸음 뒤로

쉼 없는
빗방울들
흩어져 내려오고

파르르
떨림으로
먼 하늘 바라보는

간절한
꽃 마음을
임께선 아시려나

단풍

달빛에

빚은 몸짓

하늘 바라 우러러

수줍은

홍안으로

열애를 시작하는

나는 야

가을 멋쟁이

몽환속을 헤맨다

시월의 숲에는

겹이진
설레임에 붉어진 영혼으로
길어진
기다림을
숲길에 걸어둔 채

시월의
꽃 비가 우수수 흩날리고
계절의
인연이
춥게만 다가서도

붉은 융단
꽃길을 차마도 서성이는
아직
놓지 못한
처연한 순정 앞에

어찌
할 수 없는 꽉 찬 그리움이
곱다
눈물 나게
시리도록 곱다.

억새꽃

하얗게
날이 선 듯 하늘 향해 오르고
켜켜이 토해내는 소리 없는 그리움

계절의
끝물에 빗장을 열어놓고
하늘거리는 몸짓이 하강한 선녀 같아라

점점이
깊어지는 시간의 모퉁이를
휘적휘적 젖어드는 슬픔은 비가 되고

앙칼진
칼바람에 흐느끼는 몸짓이
짧은 듯 긴 날을 홀로 지켜내려니

새벽녘
참지 못한 울컥한 외로움에
하얀 깃털 세우고 울음을 터트린다

길 잃은 바람꽃

숲길에
창을 내어 달빛을 두르고
이슬을 머금은 채 벙글어진 봄 철쭉

수줍은
속눈썹에 설레는 떨림이
햇살을 가득 품고 몽환처럼 서 있다

먼 계절을
휘돌아 찬바람 끝에 서서
봄을 기다림 하는 애잔한 그 몸짓이

하늘 높이
외줄 타는 곡예사의 비애처럼
스스로를 위로하며 슬프게 웃는다

낮게 드리운
능선에 석양이 붉어지면
꽃술만 남긴 채

하얀 눈물 될 텐데.

시월이 떠난 자리

시월이
떠난 자리에
칼바람이 분다
가지 끝에
매달린
붉은 잎새 떨림은

차마도
품을 수 없는
임 향한 그리움에
서럽게
이별하는
애잔한 몸짓이라

여울진
추억들은
눈물로 지워내고
비워진
그 자리를
달빛으로 채운다

억새의 겨우살이

은빛 물결
찬연했던 계절이 지나고
찬 서리 무성한 들녘 언저리에서

푸른
하늘빛 따라
하느적 하느적
풍경같은 몸짓으로 바람을 품는다

시린
허허로움에 슬픈 눈물 젖은 채
해 질 녘 붉게 물든 석양에 기대어서

먼 길
돌아오는
계절을 기다리며
꽉 찬 그리움을 홀로 이 사르누나

꺾이지
않으려는 소리 없는 몸부림
밤새 달빛 아래서 울컥 밤을 삼키니

겨우살이
억새의 슬픈 하루가 선다

동백꽃

붉은 꽃잎
맺어서
임 향한 일편단심

울컥한
속울음에
그리움 실어 내고

아니 오신
고운 임
오롯이 기다리다

내 몸 살라
비단길
곱게도 밝히오니

걸음걸음
밟고서
사뿐히 가옵소서,

겨울 국화

숨 가쁜
몸짓으로 꽃망울 터트리고

앙칼진
칼바람에 찢기는 아픔에도

그리움
한 자락 안고
피어나는 생명 꽃

꽉 찬 그리움

그리움
한자락을 꽃잎에
두르고
긴 그림자 안고 산 아래 서성이니

물오른
라일락 꽃 보랏빛
숨결 사이로
지난날에 걸어둔 추억이 스쳐 가고

춘풍에
흔들리는 풀꽃의 몸짓들은
햇살을 풀어놓은 뜨락에서 신났다

뭇 생명을
깨우는 봄빛은
쏟아지고
신비로운 풍경이 들녘 가득 채우니

허수의
빈 가슴에 꽉 찬 하루. 참 좋다

겨울 잎새

휘적휘적
내리는 12월 빗소리가
추녀 끝에 매달려 눈물처럼 떨어지고

능선에
드리워진 어둠을 지켜보며
새벽 오는 담장에 추억을 씻어낸다

빗물을
털어 낸 겨울나무 잎새에
햇살 한 줌 비추니 어찌도 눈부실까

가슴으로
쏟아지는 빛살을 헤아리며
실낱같은 연정을 바람에 실어 내니

빈 가지에
돋아난 새하얀 열꽃으로
쉼 없이 서걱이는 그리움을 어쩌누

매듭 달

낮은 곳
언덕배기 푸른 솔 숲길에
무겁게 내려앉은 하늘 구름을 이고

나풀나풀
눈송이 나목 위로 내려와
몽환적인 풍경으로 12월을 덧칠하니

멀리
산모퉁이 지나 긴 꼬리 달고
계절이 돌아오는 숨 가쁜 시간 속에

사계를
노래하고 꽃길을 물들이던
열두 폭의 풍경을 곱게 엮는 매듭 달

열정을
사르고 길 떠나는 홀씨처럼
넉넉하게 비워내는 겸손을 배운다

시 (詩)

고단한
여정 속에도

숲처럼 일어서는

니가 있어
참 좋다.

붉은 사랑꽃

붉디
붉어서
슬프도록 붉은 울음을

한 점
바람에
불꽃처럼 풀어 놓고

기다림이
길어진 하늘 끝에서

제 몸
사르고
그리움도 사른다

셀비아 순정

날마다
깊어지는
그리움 속에서
얼만 큼 울음으로 저토록 붉어질까

한 송이
꽃 이기를
몇 날 밤을 사르고
달빛에 빚어내는 수줍은 몸짓일까

울컥 삼킨
속울음
햇살에 쏟아내고
바라보는 눈길마저 붉어서 슬퍼라

하늘 바라
지켜내는
처연한 순정이
달빛을 끌어안고 새벽을 깨우더니

보는 이
없어도
스스로 벙글어서
솔바람에 흔들리는 추임새 눈물겹다

겨울비

계절을
재촉하는
빗소리 토닥이며

공허를
치유하듯 나목을 적셔주니

겨울이
둥지를 틀고
가지마다 스민다

빗소리
멎은 거리
낙엽은 흩어지고

그림자
없는 밤에 문풍지 떠는소리

더디게
휘돌아 드는
기다림이 아프다

동행

일생을
쓸고 닦은 친정의 허름한 집

운명을
같이하자
달래며 사는 길에

노모가
삐그덕 하니 낡은 집도 삐그덕

고쳐서
쓰겠다고 한밤을 비웠더니

햇살만
덩그러니
툇마루 끝에 앉아

주인이
돌아오기를 우두커니 지킨다

흔적

새벽 별
사르고서
이슬에 입 맞추니

겹이진 설레임에
저리도 붉은 꽃잎

찰찰이
향기를 풀어 몽환처럼 젖는다

꽃잎이
지는 날엔
두 눈을 질끈 감고

먼 산을 우러르며
한 울음 삼키우니

계절의
무상함 마저 바람처럼 지누나

꽃의 연서

시리도록
붉어서 더 슬픈 미소로
비바람에 쓸려도

꺾이지 않으려고 올곧은 꽃대 세워
의연하게 버티고

아~
한 점 푸른
바람은 저리도 고요한데

촉촉이 젖은 가슴은 어찌도 뛰는 걸까
마냥 떨리는 몸짓은 수줍어
또 붉어지네

말 없는
미소로 들녘을 서성이며
그리움을 감추려

괜스레 바람에게 인삿말을 건네고
계절을 기다리는 그리움이
애잔타.

소리 없는 열정

한여름의
열기가
어느새 능선 넘어
파란 하늘 끝으로 붉어져 오는데

이른 새벽
깨어나
곱게 여민 꽃술이
꽉 찬 그리움으로 올올이 벙글었다

달궈질
뙤약볕을
꿈에도 모르는지
배시시
웃는 미소가 하냥 곱기만 하는

가늘란
몸짓으로
나비춤을 추는
색색이 눈부신 코스모스의 숨결

아~ 어쩌누

꽃의 마음을 알까

아침을
기다리는 그 마음 알까

밤마다
달을 보는
그 이유 알까

영혼이
깨어나던 그 날을 알까

전율을 느끼게 한
그 밤을 알까

아침을 기다리며
방긋 웃음을
밤마다 달을 보고 그리워함을
영혼이 깨어나던
떨림의 밤을
사랑해도 되는지

난 모르겠다.

삶의 노을 길에서

눈부신
아침 햇살이 담장을 넘어와
툇마루 끝 토방에 가지런히 비추고

늙으신
노모의 굽은 등 뒤로 따스하게
주름진 세월만큼 묵묵히 기대선다

고단한
긴 터널 속을 힘겹게 지나온
송송한 흰머리에 빛바랜 여정들을

한 줌의
햇살에 씻은 듯 닦아내고
주름진 파안으로 하루를 다독이며

황량한 산 능선에 달빛이 내려서면

그림자
길어지는 허허로운 어둠 삼켜
고단한 세월을 곱게 접어 내린다

슬프도록
아름답다 말할 수 있는 삶을..

사랑꽃

꽃이라
칭하려니
바람이 시샘하고

별이라
우러르니
구름이 막아서도

사랑해
그 한 마디에
수줍게도 붉어라

꽃무릇

붉은 환희심으로
톡 톡 터트릴 꽃무릇 송이마다
사랑을 달고

하얗게 밤을 지킨
이슬방울은 햇살보다 더 밝은
열꽃이었다

기울었던 달빛이
채워져 가고 별이 총총 사르는
새벽이 오면

고혹적인 자태로
임 기다림에 올올이 빚어내는
붉은 사랑꽃

하늘, 꽃, 바다

김강좌 시집

초판 1쇄 : 2016년 5월 16일

지 은 이 : 김강좌

펴 낸 이 : 김락호

디자인 편집 : 이은희

기 획 : 시사랑음악사랑

인 쇄 : 청룡

연 락 처 : 1899-1341

홈페이지 주소 : www.poemmusic.net

E-Mail : poemarts@hanmail.net

정가 : 10,000원

ISBN : 979-11-86373-34-7